Der er altid
lys forude

Terese Monk

Der er altid lys forude

En skildring og digte fra
en skizofrens verden

gennem 25 År

© 2006 – Terese Monk
Sats og omslag: Books on Demand
Forlag: Books on Demand GmbH, København, Danmark
Fremstilling: Books on Demand GmbH, Norderstedt, Tyskland
Bogen er fremstillet efter on-Demand-proces
ISBN 87-7691-090-3, 978-877691-090-7

Indhold

Kapitel 1
Barndom Og Ungdom

Jeg blev født d. 24-3-1960 på Stege sygehus på Møn, kl. 12:22. Min mor har senere fortalt mig, at vores far lagde kartofler lige den dag, (lidt tidligt må man sige)

Mine forældre var ringer par ved en kirke på Møn, det blev så min legeplads, da jeg var barn, jeg husker tydeligt, at jeg stod oppe på prædikestolen, og talte ned til de tomme kirkebænke, når mor og Inger gjorde hovedrent i kirken.

Jeg havde en lille skov, som hørte til kirken, her lavede jeg en lille have, hvor jeg legede far, mor og børn med mine dukker.

Vi boede i ringerboligen, som hørte til kirken, der var to gamle kakkelovne, som varmede huset op, der var stråtag på huset, når det var tordenvejr om natten, blev Ernst min storebroderkaldt ned fra loftet, hvor han havde sit værelse, så lavede mor tordenkaffe på det gamle gaskomfur, imens far hentede Ruth og Rita, fordi de boede alene og var meget bange i tordenvejr, den gamle petroleumslampe blev tændt og sat midt på kaffebordet. Jeg var og er stadig meget bange for tordenvejr, nogen gange gemte jeg mig under dynen, holdt mig for ørene, og lå bare på sofaen med dynen trukket godt op over hovedet, lå bare og ventede på at uvejret skulle trække over, så jeg kunne komme i min varme seng igen.

Kapitel 2
Jul

Den bedste julegave jeg fik som barn, var Paula som jeg døbte min Barbiedukke, hun var iført en meget flot brudekjole, og så var hun rødhåret.

Min far var en meget bestemt herre, men på en humoristisk måde, det var altid mor der langede øretæver ud, hvis jeg havde været uartig, såsom dengang hvor jeg fik lov til at cykle en kilometer, ned til en pige der hed Stine, men jeg cyklede til Keldby cirka 20 kilometer hjemmefra bare 9 år gammel. Det var for at opsøge min barndoms kæreste Ib, som jeg byttede tyggegummi med.

Mine forældre spillede kortsammen med nogle kollegaer, hver mandag fra klokken 19 til klokken 24.

Herrerne spillede whist og røg store cigarer, damerne lavede håndarbejde og drak sodavand.

Jeg var 9 år da jeg røg min første cigaret, og fik min menstruation, jeg var meget tidligt udviklet, og havde allerede bryster og hår de forskellige steder.

Vi var 3 søskende, først Ernst der er 12 år ældre end mig, så min storesøster Ane, som er 7 år ældre end mig.

Da jeg kom i skole, opdagede jeg, at de andres forældre var meget yngre end mine, og jeg spurgte mor hvorfor, hun svarede mig at det var fordi, jeg var en lille efternøler, mor var lige fyldt 40 år og far var 39.

Kapitel 3
Skoletiden

Jeg gik 10 år i almindelig folkeskole, som lå en spytklat fra vores hjem, de første skole år var meget svære for mig, jeg er ordblind og ingen ørn til at regne, men det var lige som om at det begyndte at vende i 5. klasse.

Jeg blev rimelig god til både mundtlig engelsk og dansk, jeg elskede at skrive stile.

I 9. klasse opnåede jeg et 11 tal i mundtlig dansk, jeg husker stadig novellen, jeg var oppe i, som om det var i går. Jeg fik gode udtalelser fra skolen, om at jeg var meget moden af min alder, og havde en god indflydelse på min klasse.

Kapitel 4
Min Fars Død

Min fars alt for tidlige død, da jeg gik i ottende klasse, satte sit præg på min skolegang, jeg valgte engelsk, tysk og matematik fra, og havde derfor mange fritimer, men det fik hr. Schmidt min regnelærer heldigvis sat en stopper for, så jeg genoptog sprogundervisningen i min egen klasse efter et halvt års pause, men måtte gå en klasse under i matematik, for jeg var ikke dygtig nok til at fortsætte på mit eget klassetrin. .

Min 54 årige mor fik sin sag for med en pige på 14 år godt inde i puberteten. Jeg havde og har stadig en god veninde Nana fra skoletiden, vi har kendt hinanden i 33 år, og kommer stadig sammen. Da min far døde, var hun en enorm støtte for mig, hun udspurgte mig aldrig om noget, hun var der bare, det hjalp mig utroligt meget, hun kom trofast hver dag og besøgte mig, jeg kunne ikke græde derhjemme, kun når jeg var sammen med Nana.

Derhjemme var min mor og bror blevet meget bedrøvede, så jeg blev voksen som 14 årig, jeg sørgede for at gøre rent i huset, og ringe solen op og ned i kirken. Jeg forsøgte at lave mad, men vi levede meget af franskbrød.

Kapitel 5
Mit Eget Køn

Lige fra jeg var en lille pige, og gik til gymnastik, el-
skede jeg at se de voksne damer gå nøgne i bad, og at se
på alle de store bryster, dette har fulgt mig i alle mine
ungdoms år, men samtidig var jeg også meget glad for
drenge, så man kan vel kalde mig for bisexuel, jeg havde
min færden i bøssemiljøet på Cafe Pan i København i
adskellige år.

Jeg Kvinde

Jeg er bisexuel
Jeg elsker kvinder
Jeg elsker mænd
Jeg spørger
Kan man det
Jeg svarer
Jeg kan

Kapitel 6
Min Ungdoms Kæreste

Louis som han hed, begyndte jeg at komme sammen med, da jeg var 16 år, og vi var kæretse i næsten 7 år.

Imellem tiden var jeg gået ud af folkeskolen, og havde fået job som ufaglært sygehjælper på det alderdomshjem, hvor min farmor boede, som bare 16 årig hældte jeg medicin op og omdelte det, smurte de gamles aftensmad og hjalp den i seng, toiletbesøg med mere.

Da jeg var sytten et halvt år, fik jeg arbejde som ufaglært plejer på Stege psykiatiske hospitals kvindeafdeling, der var jeg så til jeg var tyve år.

Psykiatrien har altid interesseret mig meget, at jeg så selv skulle gå hen og blive skizofren, er mig stadig en gåde.

Louis og jeg flyttede sammen i et dejligt gammelt hus i Stege, og der boede vi i ca. fem år.

Rent arbejdsmæssigt endte det med at jeg syntes, jeg havde for lidt tid til at tale og yde nok omsorg for patienterne.

Kapitel 7
Mit Højskoleophold.

Jeg valgte at bruge en arv på fire en halv måneds op-
hold på Ryslinge Højskole på Fyn, det er simpelthen den
bedste tid i mine ungdomsår, dels på grund af at man
lærer der er andre mennesker i denne verden, end lige en
selv, der var elever fra alle lande i hele verden, jeg er sik-
ker på at det højskoleophold gjorde at jeg ikke er racist i
dag. Det var også i den periode, hvor jeg blev lidt mere
politisk bevidst.

Det var også på højskolen, jeg kom til at snuse lidt til
lyrikken, da der boede en pige fra Jylland på min gang,
som skrev mange digte, og en dag spurgte jeg hende, om
hun ville skrive en digt til min mor, hendes svar var det
kan du gøre selv, og det gjorde jeg så.

Uh! Mor
Hvis Du Vidste
Hvis du vidste
Hvor højt jeg elsker dig
Hvis du vidste
Hvor ofte jeg længtes efter dig

Hvis du vidste
Hvor god en læremester du er for mig
Hvis du vidste
Hvor meget jeg respekterer dig som menneske

Hvis du vidste
Hvor meget godt du indeholder
Hvis du vidste
Hvor tryg jeg er sammen med dig

Hvis du vidste
At denne tryghed
Er et læhegn for mig
Når jeg føler mig nede

Hvis du vidste
Hvor glad jeg er for
At netop du er min mor
Ja hvis du vidste alt dette
Ville du vide meget
Når dit livslys brænder ud

Efter endt ophold flyttede jeg hjem til Louis igen, han
var fire år ældre end mig et klogt menneske, men samti-
dig lidt fin på den, vores forhold hang tit i en tynd tråd,
og flere gange var vi ved at gå fra hinanden, jeg elskede
ham meget højt, især de sidste par år vi var sammen,
men nåede aldrig rigtigt at komme ind til ham, derfor
dette digt.

Isbjerget

Ih hvor ville jeg ønske
At kunne bestige dette bjerg
Men jeg ved på forhånd
At på en eventuel bestigning
Vil jeg bare glide og glide
Langsomt ned i afgrundens mørke

Ih hvor ville jeg ønske
At smelte dette bjerg
Smelte det for bestandigt
For at lade det smukke menneske
Der skjuler sig bag kommer til syne
Ih hvor ville jeg ønske

Under mit højskoleophold, var jeg også blevet inspireret til at lære at spille guitar, at jeg begyndte at gå til privatundervisning hos en gammel mand i Stege, og det lykkedes mig da også at blive rimelig god til at spille efter noder, for jeg har overhovedet ikke noget gehør, desvære lærte jeg aldrig at stemme min guitar selv.

Kapitel 8
Min Uddannelse

I 1981 blev jeg uddannet som beskæftigelsesvejleder i Nykøbing Falster, der begyndte det rigtige helvede, som jeg har været igennem indtil nu, jeg kan se i bakspejlet, at min sygdom begyndte, da jeg var ved at være færdig på højskolen, jeg fik problemer med hård mave.

De første 2 måneder af min uddannelse gik smadder godt, så lavede jeg et væddemål med Louis og en pige fra min klasse, om at holde op med at ryge, det varede nøjagtig 3 uger, der udsprang en masse symptomer for abstinenser, jeg var hos doktor Traberg, det gik først rigtigt galt i en time, hvor vi så nogle lysbilleder om vævning, med sorte mænd der var vævet ind i stoffet, de sorte mænd blev levende inde i mig, jeg måtte forlade timen og tage hjem, jeg havde også influenca symptoner. Den aften kørte Louis mig ud til doktor Traberg, vi blev enige om, at hvis jeg skulle gennemføre min uddannelse, var jeg nødt til at tage medicin, og fortælle det til min skoleleder. Næste dag fortalte jeg det så til skolelederen, og spurgte hende om jeg skulle holde op, men hun var meget positiv, og foreslog mig, at jeg kunne få stillet en madras til rådighed nede i kælderen, så kunne jeg gå derned for at hvile mig, når jeg havde behov for det, og ellers klø på så godt jeg kunne.

På denne måde lykkedes det mig at gennemføre min uddannelse, men det var til tider meget svært og et meget stort pres, jeg blev trappet ud af medicinen efter endt uddannelse.

Louis var på det tidspunkt gået i gang med en uddannelse som fængselsbetjent, og jeg kunne ikke få noget arbejde på Møn på det tidspunkt. Jeg så i mit fagblad at de søgte en beskæftigelsesvejleder på et plejehjem i Roskilde, jeg søgte stillingen og fik den.

Vi havde i mellemtiden købt et parcelhus i Vindinge tæt ved Roskilde, jeg troede lige vi skulle til at have det så godt, måske se at få nogle børn, der var ihvertfald plads nok, men det skulle vise sig at blive en gammel løgn.

For til min storeskuffelse, løb Louis af med Katrine kontordamen på hans arbejde på Herstedvester fængsel. Det blev en svær tid for mig, jeg kendte ikke en sjæl i Roskilde, og var kun sammen med andre mennesker på mit arbejde. I den periode hvor jeg boede alene i vores hus, og Louis ikke rigtig kunne finde ud af hvem han skulle vælge, skrev jeg meget.

Efter et par måneder som anden kvinde i Louis liv, fore slog jeg at Katrine og jeg byttede bolig, hun havde en andelslejlighed i Roskilde tæt ved mit arbejde, så vi byttede. Hun flyttede ind i mit hus hos Louis, og jeg i hendes etværelseslejlighed. Den dag jeg var henne at se hendes lejlighed for første gang, blev jeg mødt af et kæmpe stort korsstingsbroderi hængende på væggen. Den dag jeg flyttede ind, havde hun efterladt 2 store bunker kærligheds-Noveller, plus en tegning som Louis havde tegnet til hende, der hang på køkkendøren, det var næsten det der gjorde allermest ondt på mig.

Jeg boede i hendes lejlighed fra Marts '83 til første December, Da købte jeg min egen andelslejlighed i samme boligselskab, den havde jeg i ti år.

Til Louis I '83
Du Havde

Du havde
Så mange farver
I dig
Som jeg var alene
Om at se
Du valgte
De farver
Andre kunne se
Nu lever du
Helt alene
Med de mange farver
I dig
Som ingen ser
Kun jeg ved
De stadig er
Dybt inde i dig

Svar Fra Louis Samme Tid
Hvor Står Jeg

Er jeg med den ene fod i højre
Og den anden i venstre
Med det ene øje ser jeg sort
Med det andet hvidt
Min ene finger føles hård
Hvis andre er i højre
Er jeg så i venstre
Eller i højre
Tør jeg se sort hvis andre ser hvidt
Kan jeg føle blødt
Hvis andre siger at det føles hårdt
Bør jeg stille mig med begge ben
I en lejr
Bør jeg se alle de farver jeg kan se
Bør jeg føle alt hvad jeg kan føle
Eller skal jeg vælge at være nem
At omgås

Men Louis du tog dit valg og blev gift med Katrine, og
i har to voksne sønner nu

Kapitel 9
Indlæggelse På St. Hans Hospital

For mit vedkommende gik det således, at cirka et år efter vores adskillelse, endte min lejlighed med at blive mit fængsel, hvilket jeg aldrig havde drømt om, og at det skulle ende med et mislykket selvmords forsøg, hvor jeg forsøgte at kvæle mig selv med et bælte, men da jeg ikke kunde det, smadrede jeg min lejlighed i stedet for, drejede mit toiletsæde og mine kogeplader om, jeg ved ikke hvor jeg fik alle de kræfter fra.

Det var torsdag den firetyvende i femte 1984 firetyve år gammel, det var en god dato syntes jeg. Jeg blev indlagt på den lukkede afdeling B1, og havde ingen terrænfrihed i et par dage.

Det var min arbejdsleder og min arbejdskammerat, der hjalp mig igennem denne frygtelige nat, det hele står så klart for mig den dag i dag, skønt det er enogtyve år siden.

Mit ophold på St. Hans skulle komme til at vare tre måneder, jeg blev efter en uge overført til afdeling B2, hvor jeg kom i gruppe gestaltterapi, det var godt og sundt for mig dengang, men nu vil jeg nok betakke mig for sådan en omgang til.

Min storebroder kom ind til mig i en week-end, og hjalp mig med at samle stumperne af min lejlighed igen, han sagde at det skib skulle vi nok få til at sejle igen, han er gammel sømand.

Kapitel 10
Mit Arbejde

Jeg genoptog mit arbejde efter tre måneders indlæggelse på St. Hans, og cirka et år efter blev jeg indlagt igen, men jeg hverken kunne eller ville være der igen, så jeg lod mig udskrive efter en dag, og blev overført til ambulant behandling, hvor jeg gik til samtaler en gang om måneden hos en plejer, der ikke var i stand til at gennemskue mig, før jeg kørte af sporet igen.

Nytår nittenhundrede syvogfirs klippede jeg alt mit lange hår af, fordi jeg troede det ville hjælpe på min sygdom, hvem mon jeg snød mest.

Da jeg havde været tre år på det første plejehjem, søgte jeg nye udfordringer som beskæftigelsesvejleder, og kom ud på et meget stort center, der også var plejehjem for toogfyre beboere, jeg begyndte i ergoterapien for pensionisterne ude fra byen, til sidst var jeg den eneste uddannede beskæftigelsesvejleder, så alt ansvar kom til at hænge på mig, hvilket kørte mig ned igen, forstanderen spurgte mig om jeg kunne tænke mig at åbne en terapi for kun beboerne på plejehjemmet, først sagde jeg blankt nej, jeg fik den tilbagemelding at jeg ikke behøvede, at svare på det nu.

Efter endnu tre måneders langtids sygemelding, vendte jeg stærkt tilbage til mit arbejde igen, og åbnede terapien for beboerne, det var et vidunderligt job, men jeg var nødt til at prøve mig selv lidt af, og efter et år fik jeg et godt rådaf forstanderen, hun foreslog mig at gå ned på tredive timer om ugen, hvilket jeg gjorde, for dernæst at søgeud på et plejehjem med plads til kun fireogtyve beboere, det var da til at overskue troede jeg.

Efter at have arbejdet der i tre måneder, fik jeg den besked, at min kollega søgte orlov, hvilket hun fik bevillget.

Der kom jeg så til at stå i en leder rolle igen, jeg kan ikke huske om jeg var niogtyve eller tredive år, da jeg på et leder møde klædte mig selv af, og bare sad i undertøj, efter dette blev jeg langtids sygemeldt igen.

Der sluttede min rolle som beskæftigelsesvejleder, jeg blev af min læge Steffen Brynskov henvist til en psykiater Håkon Lærum, efter at have sagt nej tak til en ny indlæggelse på St. Hans.

Håkon havde jeg i seksten år som psykiater uden en eneste indlæggelse, han fandt hurtigt frem til at jeg var skizofren, og hjalp mig med at søge pension, som gik igennem i tooghalvfems toogtredive år gammel.

Det var altså skizofrenien der havde plaget mig i alle disse år, efter den første indlæggelse begyndte jeg at få fast medicin, hvilket jeg stadig får, jeg har et par gange taget en kold tyrker, men efter nogen tid har min sygdom været så fremtrædende, at jeg har været nødt til at begynde igen.

Kapitel 11
Hvad Er Skizofreni

Ja hvad er det, det er et godt spørgsmål, for mit vedkommende vil det sige, at jeg ser syner, hører stemmer og har lugte hallutioner, det hele sidder i højre side af mig, stemmerne kommer altid i højre øre, disse ovennævnte ting vil jeg komme ind på senere. Jeg har voldsomme grædeture, der kan vare i mange dage, hvis den onde cirkel ikke bliver brudt af noget stærkt PN medicin, jeg har angstanfald og sorte skygger i højre side af min krop.

Jeg har flere selvmords forsøg bag mig, jeg tog engang halvtreds nervepiller plus femten genstande oveni, så jeg sov tre dage i træk.

Flugten

En flugt fra mine tungsindige veje
Hvor vejens ujævnheder
Uoverskuelige gjorde
Min vejs jævnheder

Jeg valgte at søge flugt
I naturens ånde
Tæt ved skovens jordbund
Under trækronernes vajen
Dybt inde i den tætte skov
Der søgte jeg flugt
I den evige hvile

Det er som at leve i to verdener, den ene er god, den
anden er ond, enten er her lyst, eller også er der mørkt

Kapitel 12
Min Mor

Nu hvor emnet er selvmord, vil jeg fortælle lidt om min mor,

Hun har altid stået bag mig, som en stærk urokkelig klippe, vi har altid kunnet tale sammen om alting, nu er hun seksogfirs år gammel og en lille smule dement. Lige efter min indlæggelse på St. Hans og flere år frem spurgte hun mig aldrig ud om noget, når jeg var hjemme.

Først mange år senere spurgte hun mig, om jeg nogensinde havde forsøgt selvmord, dette måtte jeg jo svare ja til, vi sad lidt og græd sammen, og pludselig sagde mor"Jeg spurgte selv, og nu holder vi op med at græde".

Moders Lille Pige

Jeg var moders lille pige
Derfor blev jeg pakket ind i vat
Derfor blev jeg aldrig voksen

Jeg var moders store pige
Jeg lod mig ikke pakke ind i vat
Derfor blev jeg voksen

Både min broder og søster har altid været imødekommende rare og venlige over for mig, jeg har aldrig hørt en ond bemærkning fra nogen af dem angående min sygdom.

Kapitel 13
Stemmer, Lugte Hallucinationer Og Synsforstyrelser

Mit højre øre må klare meget, nogen gange får jeg besked på at sætte ild til vores gardiner i soveværelset. De kan også finde på at sige, at jeg skal hælde benzin ud over det hele og sætte en tændstik til, eller hælde kogende vand i min mands øre.

Jeg er hundeangst for at gøre disse ting, og ende mine dage på den lukkede afdeling nede på Oringe Statshospital.

Nogen gange kan jeg lugte ild, olie eller benzin.

Jeg ser min mand, mor og det lille barn jeg aldrig fik hænge opsprættede i højre hjørne af stuen. Jeg ser af og til store flammer og ild.

Der er tre sorte mænd, der af og til forfølger mig, min afdøde far som skelet, min mand og Håkon Lærum, men Håkon fandt frem til, at det er en slags skytsengle.

Kapitel 14
Den Helt Store Kærlighed

Jeg gik meget sammen med Gorm, da jeg var indlagt på St. Hans han var bøsse, og et enormt rart menneske, ham lærte jeg meget af, han sagde blandt andet engang til mig, når man som du Terese er bisexuel, kommer det meget an på, hvilket køn man møder på livets vej.

Efter at have boet alene i fem år i Roskilde, løb jeg ind i min nuværende mand Kurt, det var den enogtredte Maj 1988, der udsprang lynhurtigt et digt som lyder således.

Et Vink

Det var et vink fra østen
Det var et par øreringe og en rislampe
Nede fra Flemmings butik
Det var et venligt smil
Det var et kys på den ene kind
Det var et kys på den anden kind
Der førte os sammen

Vi blev gift på vores ni års kom sammen dag i min føde-kirke på Møn, efter at have været kærester i ni år og boet sammen både i Roskilde, København og på Møn, nu har vi snart været gift i ni år, og har holdt sammen på godt og ondt i snart atten år, han har været et utroligt stærkt træ, jeg har kunnet læne mig op ad, havde det ikke været for ham, havde jeg haft flere indlæggelser bag mig, eller også havde jeg taget biletten over til den anden side af verden, men nu er jeg her, han trøster mig, holder om mig og støtter mig i det jeg gerne vil.

Den første Oktober 1992 pakkede vi vores sydfrugter og flyttede til Møn.

Nissen

Det er koldt derude
Derfor gemmer nissen sig inde
Det er varmt derude
Derfor er nissen gået ud
Jeg ved hvis jeg flytter
Ja så flytter nissen med

Vi fik fred og ro på landet, og nu har vi snart boet her i fjorten år, jeg er kommet hjem til Møn igen, og Kurt er vældig glad for at bo her, det eneste minus vi har, er at Kurt er næsten seksten år ældre end mig, vi har et fantastisk åndeligt forhold, og så er vi hundrede procent ærlige over for hinanden.

Det er et lille husmands sted vi har, vi har prøvet at have mange dyr på farmen får, lam, grise, høns, kalkuner, ænder, kaniner, katte og hunde, nu har vi kun fire katte tilbage og en lille have. Kurt er enogtres år gammel i dag, og slår alt vores græs sommer efter sommer.

Kurt har lige fra starten været klar over min sygdom,

vi får det til at fungere i hverdagen, selvom det til tider syntes svært.

Et par år efter vi var flyttet herned, lå jeg meget i sengen, alt var overladt til Kurt, have, rengøring, madlavning, indkøb med mere, pludselig en dag blev det for meget for Kurt, jeg foreslog jeg kunne tage fjorten dage over til min mor, da svarede Kurt mig, at hvis du gør det, er det ikke sikkert, jeg er her når du kommer hjem.

Jeg husker tydeligt at jeg gik i seng igen, og lå der i to dage, så rejste jeg mig pludselig rank op stod op, og så har jeg faktisk været oppe siden. Kurt fik vækket mig til live igen, jeg begyndte atter at se virkeligheden i øjnene, og blev langsomt aktiv igen med haven, huslige pligter og lidt håndarbejde.

Kapitel 15
Medicinforgiftning

Jeg har igennem de sidste femogtyve år prøvet meget forskelligt nervemedicin.

For cirka seks år siden begyndte jeg, efter vores eget forslag til min psykiater, på et nyt præparat der hedder Zyprexa, det havde en god virkning på min sygdom, bortset fra at jeg blev meget inaktiv, sløv og tyk.

Pludselig en aften klokken syttentredive ringede Håkon Lærum til mig, og fortalte mig at han lige havde været på en congres, hvor han havde lært, at man kun måtte få tyve milligram dagligt, og jeg fik halvtreds milligram, så vi blev enige om at jeg skulle på en langsom nedtrapning over tre måneder, hvilket jeg kom godt igennem, det var lige som at blive født på ny på mange måder, mit aktivitets niveau er steget adskillige grader både med de huslige pligter, haven og meget håndarbejde, såsom patchwork, hækling, strikning og jeg købte mig en symaskine for et år siden, og har syet nye gardiner til hele huset.

Min hukommelse kommer mere og mere tilbage, jeg kan igen være med i gætteprogrammer i radio og fjernsyn, mit temperament er også vendt tilbage voldsomt, så jeg kan mærke at jeg lever nu.

Men der er stadig mange ting, jeg ikke kan klare, eksempelvis alt for mange mennesker på en gang, jeg kan ikke klare opgaver ud af huset hver dag, jeg er nødt til at havde nogle dages fred og ro herhjemme i vores trygge omgivelser.

Men halvfemserne står stadig meget svagt i min erindring.

Kapitel 16
Knive

Jeg har op til en fem seks gange truet Kurt med vores skarpe køkkenkniv, ikke fordi jeg egentlig vil slå ham ihjel, men en stemme i højre øre har sagt, at jeg skulle gøre det. Kurt trådte et skridt tilbag, den første gang jeg gjorde det, han råbte højt til mig, at jeg skulle lægge kniven fra mig, det var som om hans stemme, bragte mig tilbage til virkeligheden igen. Efter sådanne anfald får jeg altid et voldsomt sammenbrud, hvor jeg græder meget. Når jeg har det rigtigt dårligt, kan man sammenligne det med at sidde inde i en osteklokke, hvor man er helt handlings lammet, jeg bliver ikke vasket, får børstet tænder eller redt mit hår, jeg er her bare.

Mange gange som før omtalt, ville jeg ønske jeg ikke var blevet født, fordi det er meget svært at komme videre efter et anfald, som jeg selv kalder det for.

Som før nævnt er bivirkningerne ved at tage nervemedicin, at man tager på i vægt, sidste år tabte jeg femten kilo efter en samtale med en diætist, min egen læge Jens Linnett havde næsten opgivet, at få mig til at tabe mig.

Jeg fik nogle overordnede spiseregler at gå efter og godt med motion.

Selv om jeg har været syg i femogtyve år, vil jeg ikke sige at jeg endnu har lært at leve rigtigt med det, men jeg er jo vant til, at der kommer lidt eller meget hver dag.

Nogen gange kan jeg se at jeg sidder og roder i min højre pulsåre med en saks, og at det bløder voldsomt, disse oplevelser er næsten det værste, samtidig med at jeg græder meget, det er som at være i helvede, men som min gamle psykiater Håkon Lærum altid sagde til mig, DER ER ALTID LYS FORUDE.

Jeg må jo bare vente på, at disse anfald langsomt fortager sig, så min bemærkning til det er.

Jeg har valgt

Jeg har valgt livet
Fremfor døden

Jeg har valgt livets kamp
Fremfor den kolde død

Jeg har valgt livets knubs
Fremfor dødens ensomhed

Jeg har valgt livets skuffelser
Fremfor dødens lange hvile

Jeg har valgt livets glæder
Fremfor dødens sorg

Jeg har valgt livet

Kapitel 17
Børn

Som før nævnt havde jeg troet, at jeg skulle opleve at blive mor, især i mine ungdoms år, men samtidig er jeg både gammeldags, og indså ret hurtigt i mit sygdomsforløb, at jeg ikke ville være i stand til at tage vare på et barn alene, jeg ville være godt gift, og være to om børneopdragelsen.

Da min veninde Nana i en alder af toogtredive år fødte sin datter, blev jeg straks jaloux, og ville have et barn sammen med Kurt, men vi boede i en lille lejlighed inde i København, og min sygdom var ikke stabil nok, derfor blev vi enige om at se tiden an.

Jeg har også hele tiden vidst, at skulle jeg ingen børn have, ville jeg stereliseres, men det strittede Kurt imod, han var midt i fyrerne dengang, for han vidste ikke, om jeg kunne holde ham ud i længden, han syntes jeg skulle have en chance lidt endnu, hvis jeg mødte en yngre mand, som jeg gerne ville have børn sammen med. (En meget smuk og eftertænksom tanke).

Efter vi var flyttet til Møn, og min sygdom ikke var blevet bedre, tog jeg selv den store beslutning, at blive stereliseret fireogtredive år gammel, det har jeg aldrig nogensinde fortrudt tværtimod.

Jeg lærte under min uddannelse, at skizofreni kan være arveligt og jeg vidste hele tiden at jeg aldrig ville kunne tilgive mig selv, at sætte et barn i verden, som kunne risikere, at skulle gå de samme pinsler igennem, som jeg har gået igennem.

Kapitel 18
Afrika

Min mand og jeg har gode venner, som bor i Tanzania i Afrika, og vi har sammen besøgt dem to gange, i år totusindogto, der begyndte der virkelig at ske noget med mig, især en måned efter vi var kommet hjem igen.

Jeg begyndte pludselig at rydde op, i vores gæsteværelse, roderum og værksted, fik smidt en masse ting ud, jeg kom også i gang med at hækle grydelapper i lange baner.

Sproget engelsk havde jeg næsten glemt. Jeg vejede over halvfems kilo, og kunne derfor ikkegå så langt i varmen dernede.

Året totusindogtre var vi dernede igen, og allerede dengang hvor medicinforgiftningen var ude af kroppen, kunne jeg næsten tale flydende engelsk, min kondition var også blevet meget bedre end året før, jeg tog næsten ikke noget ekstra medicin, i forhold til herhjemme i Danmark, det fortalte jeg min psykiater, og han foreslog at vi flyttede derned, men det kan vi ikke så længe jeg har min gamle mor, jeg vil også blive boende her i vores dejlige hus, så længe jeg kan.

Jeg gav Kurt en flyvebillet i tres års fødselsdagsgave år totusindogtre, hvor han var dernede i seks uger. Året efter tog han derned igen i to måneder, fordi vores ven i Afrika var i nød, Kurt er god til at opmuntre mennesker.

Begge gange er det mig der har foreslået det, dels for at afprøve mig selv, og for at se hvor meget jeg selv kunne klare, jeg gennemførte vores adskillelse begge gange i kraft af hjælp fra min psykiater, svoger og svigerinde.

Kapitel 19
Alcohol Og Medicin

Ja de to ting går bestemt ikke sammen, jeg har selvfølgelig prøvet mig lidt frem, og det endte med jeg var helt alcoholfri fra jeg var femogtredive, og til første gang vi var i Afrika, i alt syv år.

Da jeg for første gang kørte i bil på de forfærdelige afrikanske veje, var jeg nødt til at tage to nervepiller og drikke tre øl.

Året efter da jeg for første gang i mit liv, så en hunløve på Serengeti Sletten, måtte jeg igen tage et par piller og have nogle øl.

Nu er jeg snart seksogfyre år gammel, og i de sidste par år kan jeg pludselig sige til min mand, har vi ikke noget stærkt, så drikker jeg tre højst fire genstande ret hurtigt, derefter går jeg i seng, og sover rusen ud. Jeg bliver fuld af fire genstande, og dette sker cirka hver anden måned, jeg er en værre kaffesøster og så drikker jeg meget vand og sukkerfri sodavand.

For medicin og alcohol er en stærk cocktail, så det er jeg med årene blevet meget forsigtig med at blande, det er det gode ved at blive ældre, jeg tænker mig lidt mere om, og kender konsekvenserne omkring dette emne.

Kapitel 20
Mit Lyriske Hjørne

På min ni års fødselsdag fik jeg en hvid dagbog med lås på af mor og far, så jeg har skrevet dagbog lige siden dengang, i skolen elskede jeg at skrive stile, hvor fantasien kunne få frit løb, og som før nævnt, mit højskoleophold hvor jeg skrev mit første rigtige digt, blev starten på otte års intens skriveri.

Jeg nåede at være med til, at læse nogle af mine digte op til Køgekunstforenings lyrik aften på Solrød bibliotek tre år i træk, i samarbejde med lyrikker Mugge Hågensen.

Hende og jeg lavede også en radioudsendelse i nittenfemogfirs, med interviews og oplæsning af vores digte, jeg sluttede af med et digt i en avis ”Det Var En Torsdag Aften“.

Jeg gik så vidt, at jeg selv ville udgive min digtsamling

„Livstræet“og lånte en del penge i banken, det eneste jeg manglede var fællesekspiditionen, dem der sørger for at få bøger ud på bibliteker og hos boghandler, den dag jeg ringede derind, havde de lige lukket for amatør forfattere, der væltede korthuset endnu en gang, jeg holdt næsten helt op med at skrive digte, og indså jeg ikke var en ny H. C. Andersen eller Piet Hein, jeg fortsatte dog med mine dagbøger.

Som tiden gik og vi var flyttet på Møn, kom der af og til nogle digte ud af ærmet på mig.

Da jeg boede alene skrev jeg meget lyrik, måske netop

fordi jeg var alene, det var og er en god måde at få sat tingene og tankerne sat på plads på.

Et godt digt er for mig lige så godt som en kunstners maleri, det har hjulpet mig igennem mange kriser.

Jeg kan huske da jeg arbejdede, og var hjemme klokken halv fem, jeg løb mig en tur på en halv time, drak et glas mælk og begyndte at skrive og skrive til klokken to om natten, jeg stod op klokken seks om morgenen for at møde på arbejde klokken otte.

Jeg havde perioder, hvor jeg hverken gik i byen, så tv-avis, hørte radio eller læste avis, når jeg havde haft det sådan i fjorten dage til tre uger i træk, stoppede jeg med vilje, for at vende tilbage til den virkelige verden igen.

Efter at have mødt min mand, er behovet for at skrive lyrik ikke så stort for mig mere, fordi jeg har jo fundet den helt store kærlighed, det var jo mest kærlighedsdigte jeg skrev, og kærlighed jeg gik og sukkede efter, men den fandt jeg jo sammen med Kurt.

Min mand har aldrig læst alle mine digte, han siger at han ikke forstår sig på det, men alligevel har han bakket mig hundrede procent op i at skrive denne fortælling.

Kapitel 21
Druk, Hor Og Stoffer

Jeg har aldrig været et af guds bedste børn, og selfølgelig har jeg afprøvet mange forskellige ting, og været ude for mange fristelser, men mine ti år i storbyen, ville jeg ikke havde undværet for alt i verden, jeg har aldrig været rigtig ude i tovene.

Vi er kommet helskinnet herned på Møn, hvor jeg har fået et helt andet forhold til mange ting, nu nøjes vi med at dele en flaske, især hvidvin, og det er rigeligt for mig nu, mine ungdomsår er jo også forlængst forbi, jeg bliver jo ældre og ældre, for hver dag der går, og det er helt andre ting, der betyder noget for mig nu, blandt andet vores fantastiske åndelige forhold.

En aften sidste år, hvor jeg følte mig lidt ensom, skrev jeg

Ensomheden
Kan være menneskets
Værste fjende

Svar fra Kurt samme aften

Tosomheden
Kan være menneskets
Bedste ven

Kapitel 22
Skift Af Psykiater

Min psykiater Håkon Lærum som jeg kom trofast hos i seksten år, gik på pension i August måned sidste år syvogtres år gammel,

Han skulle til at nyde sit otium, efter mange års arbejde, troede jeg.

Han begik selvmord i efteråret sidste år, han var plaget af en hjertesygdom, og vidste som læge, hvor det bar henad, han har både som læge og psykiater lige vidst, hvordan han skulle gøre, for at sove stille ind. Jeg fik et chok da det kom mig for øre, ham som altid hjalp mig med selvmordstanker og selvmordsforsøg, ham som altid sagde til mig, når jeg var allerlængst nede, der er altid lys forude. Men han rejste over til den anden side af verden.

Ære Være Hans Minde.

I April måned sidste år mødte jeg min nye kvindelige psykiater fru Olufson, hun er meget stille og rolig, dygtig og meget omhyggelig, jeg har efter det første år, fået fuld tillid og tro til hende, og det har Kurt også, vi har allerede fået oparbejdet et meget fint samarbejde med hende.

Der er begyndt at ske nogle ting med mig på det sidste år, blandt andet er jeg blevet mere renlig og forfængelig, jeg er blevet mere bevist om at komme ud i luften hver dag. Hun har ikke lavet om på min medicin, men jeg har fået nogle nye retningslinier med dosering af den medicin, jeg må tage på egen hånd, hvis jeg tror der skal mere til, skal jeg kontakte hende, i akutte tilfælde på hendes fri-og feriedage, skal jeg kontakte min egen læge.

Fru Olufson har fundet frem til, at jeg også er lidt maniodepresiv, det påvirker mig på den måde, at når jeg arbejder med noget lige meget hvad, arbejder jeg hurtigt, intenst og længe, og får ikke søvn nok, til sidst falder jeg omkuld og sover og sover, jeg græder meget og er trist til mode i de vågne timer, det er meget opslidende.

Kurt er altid med mig til psykiater, han hører det jeg ikke hører.

Kurt, mor, Håkon og jeg lavede den aftale, at Kurt skulle opbevare min medicin, det gør han den dag i dag, så får jeg hen af vejen udleveret det medicin jeg skal bruge, det er både en tryghed, men også et stort irritations moment, men den bedste løsning for mig på længere sigt.

Jeg er også begyndt at bruge lyslampe en time hver morgen, det er noget meget stærkt lys, men jeg tror på dets virkning i længden.

Fru Olafsons grund indstilling er at jeg skal have den medicin, jeg har behov for, resten skal jeg gøre selv, i form af forskellige aktiviteter, som især at komme ud i luften, gå eller cykle en tur.

Jeg har opdaget at motion kan være medicin nok i sig selv, jeg skal jo også kunne mærke at jeg lever. Denne behandlings form fru <Olufson bruger, går både Kurt og jeg varmt ind for.

Kapitel 23
Aktivering

Ja som gammel beskæftigelsesvejleder ved jeg jo af erfaring, at lige meget hvad man beskæftiger sig med, er det godt for krop og sjæl. Hvis jeg har haft et af disse grimme anfald, er den bedste medicin at komme ud at cykle med lidt modvind, mærke solen og vinden, få røde kinder og blive forpustet, og mærke mig selv fysisk igen.

Havearbejde er også en vældig god terapi mod sorte tanker, jeg kan nu næsten tømme mit hoved, og bare nyde havearbejdet glider fremad.

Alle former for håndarbejde er også en vældig god måde, at komme videre på efter et anfald, men det skal helst være noget, der skal tænkes lidt over, det er jo meningen, at komme til at tænke på noget andet, end det anfald det lige handlede om, så ud af mørket springer lyset.

Til mine allerkæreste brødre og søstre, der lider af en psykisksygdom, vil jeg sige at DER ER ALTID LYS FORUDE.

Og på denne måde vil jeg slutte denne fortælling med dette digt.

Vær Dig Selv

Gå aldrig
I andres fodspor
Gå kun
I dine egne
Thi da
Vil dine fødder
Aldrig ømmes

En særlig tak for hjælpen til min mand Kurt, for tilbli-
velsen af denne fortælling.

Digte

Det var en torsdag aften
Spejlbillede
Drømme/Virkelighed
Mit eget fantasifoster
Grønne frodige træer/Skovens dybe ro
Regnbuen
Livets døre
Nyforelsket
Bryllup
Kærlighedsblomst
Livets træ
Vi voksne
At sejle
Dansen
Det
Der bor
Hele verden
Efterrationalisering

Aktuelle digte fra de sidste femogtyve år

November nittenhundredefireogfirs i Pan Avisen, et blad for bøsser og lesbiske.

Dette digt er fra min færden i bøssemiljøet

Det Var En Torsdag Aften

Efter en kvinde aften inde på Discotek Pan, hvor dan-
seglæden var stor, mange mange dejlige mennesker mo-
rede sig, mig selv iblandt, blev aftenens slutning meget
drastisk, for nogle iblandt os. Klokken to tredive nat,
hvor trætheden meldte sig, og mætheden af oplevelser
ligeså, var vi syv kvinder der fulgtes ud samtidig. I Pans
gård sad fire fyre, og ventede på en gang psykisk vold
over for os, skældsord og jagten os i bil m. m.

Denne Oplevelse har sat så dybe spor i min sjæl, at
jeg måtte skrive et digt om nattens oplevelser uden for
Pan.

Så smukke følelser
Så smukke mennesker
Vi mennesker der erkender vores dybeste følelser
Vi mennesker der har formået at leve
Efter vores inderste følelser

Hvorfor den psykiske vold imod os
Hvordan kan det være sjovt
At jagte os mennesker
Gøre os fortræd dybt inde i vores sjæl
Med Skældsord vold hærværk imod sjæle
Hvordan kan det være sjovt
At sidde og vente på os
Til vore danse er forbi
Vente på den psykiske jagt
På os skal begynde

I mennesker derude

I må ikke have jeres egne
Følelser placeret endnu
Trods I er voksne mennesker
I mennesker tænk jer om
Tænk dog på at en skræk
I livet som nogle iblandt os ej kan bære

Tænk jer for fanden om
Og tænk i stedet på
At finde jeres egen placering
I jeres egne følelser

Tænk for FANDEN

Tresse

Spejlbillede

Som en silhouet
Af mit eget spejlbillede
Ser jeg mig selv
Som to mennesker
Hvor af det ene billede
Kan lide mænd
Hvor af det andet billede
Tiltrækkes af mit eget køn

Jeg ser mit eget spejlbillede
Hvor efter jeg tilspørger dette
Hvorfor er jeg ikke som alle andre

En dråbe i det store hav
En indre stemme svarer mig
Fordi jeg ikke er som andre mennesker
Men som en bølge i det store hav

Drømme/Virkelighed

Om Natten
Kommer du frem
Fra dit skjul

Om natten
Lever du i
En duft af drømme

Om dagen
Pakkes du ind i dit skjold
Og drages af den kolde vind

Hvad om du forsøgte
At få nattens duft
Til at sprede sig
Over dagens timer
Få virkeligheden til at dufte af liv

Mit Eget Fantasi Foster

I ensomhedens lænke
Blev du skabt

I ensomhedens lænke
Levede du

I ensomhedens lænke
Var du virkelig for mig

Så virkelig
At jeg åbent fortalte
Om din eksistens

I ensomhedens lænke
Troede jeg på dig
Trods jeg i dybet anede
At du blot var mit eget
Fantasi foster

Grønne Frodige Træer,
Skovens Dybe Stille Ro

Grønne frodige træer
Skovens dybe stille ro
Førte mig til stedet
Hvor bålet blev tændt
Flammede op
For senere at slukkes

I bålets flammehav og dybe skær
Forblev det et særligt bål
Nydelsen i øjeblikkets glæde
Oplevelsen forblev smuk og intens

Grønne frodige træer
Skovens dybe stille ro
Førte mig til stedet
Hvor bålet blev slukket
Visheden om øjeblikkets glæde
Langsomt måtte brænde ud
For at asken fra bålet kunne
Føre mig videre fra de
Grønne frodige træer
Og skovens dybe stille ro

Regnbuen

Jeg så i et glimt regnbuen
Jeg oplevede den
Med mine egne øjne
Det er med regnbuen
Som med kærligheden
Den opleves kun i glimt

Livets Døre

En dør i mit liv
Lukkes
Tilbage står jeg
Med følelsen af mange
Dejlige livsvigtige erfaringer

En ny dør åbnes
Tilbage står jeg

Med følelsen af en
Ubeskrivelig lykkefølelse
Jeg tror ikke
Jeg tør ikke
Jeg vil ikke
Vide hvad der gemmer sig
Bag den næste dør

Nyforelsket

Sommerfugle i maven
Hjertebanken
Følelsen af at svæve oppe
I den syvende himmel
Et evigt savn og længsel
Smukke ord
En berøring
Så smuk og inderlig
Håret altid nyvasket
Det allernyeste
Tøj bliver fundet frem
Ingen duft af armsved
Nervøs og spændt
På et gensyn
Ser lyst på tilværelsen
Følelsen af at være
Det lykkeligste menneske
På hele jorden

Bryllup

Som et bål
Der netop er blevet tændt
Blussende flammer
Kan ikke blive træt
Af at kigge
Ind i hinandens flammer
Igen og igen
Elsker hinandens flammer

Kærlighedsblomst

Der faldt en blomst
Ned på min vej
En kærlighedsblomst

Der faldt en blomst
Ned på min vej
Men jeg turde ikke
At bukke mig ned
For at samle den op
I frygt for at den ville
Visne bort mellem
Mine Fingre

Livets Træ

Livets træ
Står i sin skygge
Og Svajer
Dets grobund
Fast og urokkelig
Rødderne gamle
Og stærke
Dette træ
Livets træ
Har overvundet
Skygge efter skygge
Stadig bestående
I det urokkelige
Stærkt
Udholdende
For bestandig

Vi Voksne
Vi voksne er som børn
Vi har lyst til at lege farlige lege
Vi voksne er som vores børn
Det vi ikke må
Er sjovt og spændende
Vi voksne er som vores børn
Vi vil selv opdage hvor grænsen er
Vi voksne er som vores børn

Vi skal selv brænde fingrene
Før vi erkender retfærdighedens tærskel

At Sejle

At sejle med strømmen
Er en måde at skjule sig på
En måde at overleve på
Hvor al stillingtagen
Er nem og overskuelig

At sejle imod strømmen
Er en måde at leve på
En måde
Der kræver tro
Styrke og handlekraft

Dansen

Dans din egen dans
Luk dine øjne
Lad kroppens sprog
Føre dig igennem
Musikkens toner

Dans din egen dans
Giv slip
På din egen krop
Lad den fortælle

Dig hvad du føler
Og tænker lige nu

Dans din egen dans
Vis du blot igennem
Din Dans
Sorgens tunge bevægelser
Og glædens sprællende liv

Det

Det sete
Afhænger
Af øjet
Der så det

Det hørte
Afhænger
Af øret
Der hørte det

Det lugtede
Afhænger
Af næsen
Der lugtede det

Det skete
Afhænger
Af personen
Der lod det ske

Der Bor

Der bor en heks
I os alle sammen
Der bor en fe
I os alle sammen

Der skal nemlig både
En heks og en fe
Til at gøre et menneske
Til et sundt og helt menneske

Hele Verden

Hele verden
Er din
Hvis du tør
At bruge
Alle de muligheder
Der gemmer sig

Efterrationalisering

Jeg siger til mig selv
Efter en dialog imellem
En meget religiøs dame på 98 år
Og en 70 år yngre pige
Hvor må de mennesker der er troende
Dog Have det nemt

For det hele er jo Guds mening

Jeg siger til mig selv
Os der ikke tror på Gud
Vi kan også have det nemt
Bare vi tror nok på os selv

Jeg spørger mig selv
Hvis tro er mon den stærkeste